WEIZHUANG CHUJI

伪装出击

- （英）芭芭拉·米切尔希尔 著
- （英）托尼·罗斯 绘
- 邱卓 译

语文出版社

·北京·

图书在版编目（CIP）数据

伪装出击 / （英）芭芭拉·米切尔希尔著；（英）托尼·罗斯绘；邱卓译. -- 北京：语文出版社，2021.6
ISBN 978-7-5187-1254-0

Ⅰ．①伪… Ⅱ．①芭… ②托… ③邱… Ⅲ．①儿童故事－图画故事－英国－现代 Ⅳ．①I561.85

中国版本图书馆CIP数据核字(2021)第079619号

责任编辑　过　超　郭雯熙
装帧设计　刘姗姗
出　　版　语文出版社
地　　址　北京市东城区朝阳门内南小街51号　100010
电子信箱　ywcbsywp@163.com
排　　版　北京光大印艺文化发展有限公司
印刷装订　北京市科星印刷有限责任公司
发　　行　语文出版社　新华书店经销
规　　格　890mm×1240mm
开　　本　1 / 32
印　　张　2.625
版　　次　2021年6月第1版
印　　次　2021年6月第1次印刷
印　　数　1～3,000
定　　价　25.00元

📞010-65253954（咨询）010-65251033（购书）010-65250075（印装质量）

第 一 章

那是期中放假前的一个星期五。

"猜猜怎么着？"妈妈问，她看上去十分开心，"我们要去碧玉园度假村过周末啦！"

"我们必须得去吗？"我说，"我想待在家破案。我正想着去银行附近看看有没有劫匪呢！"

妈妈并没有在听，她说："主厨

住院了，达米安。他们邀请我去负责餐饮工作。"

"医院？"我问，"这算哪门子借口？我的期中假期全泡汤了。"

她不以为然。"你就把这当作度假，"她说，"会很有意思的。林子里建了许多小木屋，还有一个小游泳池。"

那儿跟迪士尼乐园不太一样，但我想我应该还能忍受。

"好吧，妈妈，我去。"我说，"但我想带上我的自行车。"

她却摇了摇头："货车里没地方了，达米安。我今天晚上还要做糕点，做奶油蛋糕和法式咸蛋糕。车已经塞满了。"

她继续跟我说还有多少工作要做。不管什么时候我提到"自行车"这个词，她都会大喊："不行！不行！不行！"

第二天早上，妈妈的心情不太好。

"能麻烦你起一下床吗，达米安？"她的吼声从厨房那边传来。

"我们五分钟之内就得出发！"

好吧，为了不扫她的兴，我穿好衣服走下楼。

货车停在车道上，后门大敞着。

妈妈已经开始往车里装东西了，我发现里面还有很多空间，足够放我的自行车。我只需要把那些甜品派、蛋糕还有蛋饼挪到旁边就行了。

我回头一看，妈妈正忙着锁门呢。

现在跑回小木屋把车骑过来，时间足够了。我以迅雷不及掩耳之势把自行车骑到了货车旁，然后把它抬进车后厢。只需要使劲儿往里推一推，它就刚好塞到了那堆牛肉派和奶油蛋糕中间。

大功告成。我把车门关上，心想妈妈绝对不会发现。

第 二 章

等到妈妈过来的时候，我已经在后排坐好了。她钻进车里时，我露出了我的"天使微笑"（我会在镜子前练习微笑。这招儿对付大人很有效）。

"没啥问题吧，妈妈？"我用一种十分友好的语气问她。

她什么都没说，但是启动引擎的时候皱了皱眉。我感觉她心情不佳。

为了让她开心起来，我给她唱了一首《坏男孩出巡》。

"谢谢你了，达米安。"她猛地打断我，"安静，我头疼。"

"再听一遍，妈，你肯定就不头疼了。我保证。"

"不用，谢啦。"她说。

在这之后，我只是小声地自己哼哼，妈妈则咬牙切齿的。我觉得她的头疼应该是好多了。

不巧的是，在去度假村的路上，我们得上一个非常陡的坡。突然，我听到货车后面传来一阵响动。先是什

么东西滑落的声音，然后是东西碎了
的声音，听起来像瓷器打碎了。

"怎么回事儿？"妈妈一边问一
边猛踩刹车。她不应该刹车，因为所
有东西都滑到另一边，噼里啪啦地又
碎了一次。

她跳下车，冲到车后面把后门打
开。好吧，她开始大发雷霆了。

我的自行车倒了，几个巧克力蛋糕被压成了一团。因为这个生气，至于吗?! 何况我还跟她说，这些巧克力蛋糕压成一坨以后还是一样好吃。但是她不这么觉得，她只是一味地生气。

　　在去碧玉园的路上，她没再说一个字。到了之后，她开车穿过几扇铁

门，停在一个叫作"餐点小屋"的木屋门口。这就是那些度假的人吃饭的餐厅，妈妈就在这个餐厅的厨房里做菜。

我不得不说，那天妈妈的心情一点儿也没有变好。即使在我帮忙卸货的时候，她还是在不停大叫着："小心点儿，达米安。"叫喊声伴随着我搬东西的全程，诸如"别那么干！看看你干的好事儿！"之类的。我已经尽力了。

我的老师伍里堡先生说，童工制度几百年前就废除了——但我觉得妈妈应该是不知道这件事。

很快我就筋疲力尽了，于是溜到外面休息一会儿。我坐在一棵树下，打开一袋鲜虾味薯片，正好看到一个男孩骑着车从小路上经过。我简直不敢相信自己的眼睛。

那个人不是别人，正是凯文·包宁顿，人称"包鼓鼓"。他是我们班新来的男生，很不受欢迎！他是那种拥有了一切的男生——钱、糖果、手

机，他自己还有电脑。

我可受不了他。他总是在吹牛，说他爸多有钱。我的运气是有多差，才能在期中假期的时候跟他到同一个度假村？！

第 三 章

"嗨，达米安！"包鼓鼓骑车靠近我的时候跟我打招呼。他穿着一身崭新的运动套装——亮蓝色的衣服上嵌着白色的条纹，搭配了一顶黄黑相间的头盔。呕！

"嗨！"我冷淡地回应。

他从自行车上跳下来，推着车穿过草地，向我走过来。

"看我这生日礼物不赖吧？"他说着，指了指自行车。这辆车是红色配银色的，还有很特别的车把和一大堆虽然抢眼但没什么用的配件。

"我爸说我必须要用最好的。我现在已经有了全套的骑行装备：鞋子、手套、防水……"

呕。呕。呕。真无聊。我继续吃薯片。

然后，包鼓鼓看见了妈妈停在旁边的货车，上面写着"私房烹饪公司"。

"这就是你为什么会在这儿喽！"他说，"你妈妈负责这里的餐饮，对吧？"

我哼哼了一声。

私房烹饪

公司

"我猜你一会儿得刷盘子、洗碗吧，嗯？"

我保持住风度。"我？"我说着，挑了挑眉毛，"不用去。"

"挺好，"他说，"那咱们一起去骑车吧。"

我摇了摇头："我还要工作呢。"

"工作？"他问。

我张开嘴，从特别高的地方扔一片薯片到嘴里。"你刚来这儿，凯文，"我说，"我猜你还不知道，我是个厉害的侦探，因为破了不少案子名声在外。但是没关系，这些事儿你也不用知道。"

他惊呆了，缓过神儿之后就挨着我坐在草地上，显得我俩关系很好似的。"你都破过什么案子啊，达米安？"他问我，"很刺激吧？"

我轻轻地摸了一下鼻子。"一个

字都别往外说，"我小声跟他说，"安保队让我留意露营区一带的犯罪活动。我是在做便衣工作。"

我知道这是撒谎，但鉴于包鼓鼓那么招人烦，我这么做也无伤大雅。我直视他的眼睛，说："别告诉任何人我的事情，你可能会暴露我的伪装。"

他疯狂地点头。"我一个字儿都不说，"他说，"我保证。你只管正常表现，就像个普通的孩子那样。"

这时妈妈从餐点小屋往外看，叫我进去。拜拜喽，凯文。

　　回到餐点小屋，我又得一次次把东西从盒子里拿出来，放进冰箱里，陷入这种极度无聊之中。然而，当一个男人进来和妈妈攀谈的时候，我的侦探第六感一下子就有反应了。我注视着他，立刻就感觉到这家伙是个罪犯。

我是怎么知道的呢？

是因为他个头高吗？是因为他穿着一身古怪的灰色西装吗？不。是因为他头上有一块斑秃。

跟诸位讲，我最近研究出一种有关罪犯类型的新理论：

那些在头顶上有斑秃的人都不是什么好人。

这类罪犯非常狡猾，而且很难追踪，因为他们会在斑秃的地方黏上几缕头发来掩盖。但是这个人比较粗心，他的斑秃太明显了。

　　幸运的是，妈妈叫我过去，这样我就能更清楚地观察他了。

　　"这是我儿子，达米安。"她介绍道，露出优雅的笑容，"达米安，这是度假村的经理，黄数朗先生。"

　　黄鼠狼先生？这算什么名字啊？肯定是个假名。又多了一个怀疑他的

理由。

　　有时候我都被自己惊到了。我只在这里待了半天，就发现了一个高度可疑的坏人。

第 四 章

黄数朗先生走了以后，我就去外面拿我的自行车。我正往头上戴头盔的时候，包鼓鼓从小路上一路跑了过来。不要啊！别又来一次。我钻进了货车里，希望他没看见我。但是为时已晚。

"达米安！"他大喊，"我需要你的帮助。"

　　我很好奇他想让我干什么——直到他告诉我一个惊人的消息。

　　"我的自行车被偷了！我那辆特贵的新自行车不见了。"

　　现在我明白了。

　　包鼓鼓都快哭了："你会帮我的，

对吧？"他哀求道，"我爸跟黄数朗先生说了东西被偷的事情。但是没有用，他好像什么都不想做。"

我觉得这并不奇怪。黄数朗先生可能和偷车贼是一伙的。"如果说有谁能把你的自行车找到的话，那就是我了。"

"我会帮你。"我露出了我特有的侦探式睿智微笑。

凯文长舒了一口四星级的气。

"有你在这儿真是太幸运了，达米安。"他说着，给了我一根巧克力棒。

可能他也不是那么坏。可能我对他的要求有点儿太不近人情了。

我掏出笔记本，记下了相关信息。

姓名：凯文
自行车——
红色，银色
放在草地上
自行车中的王者

昂贵

"我觉得要是你早点儿来找我就好了，"我一边说着，一边"啪"的一声合上了笔记本。"现在线索可能都被破坏了。"

他咬着下嘴唇，看上去失魂落魄的样子。"那可是全新的车啊，我才骑了一个星期。"

"别担心。"我说，"我破了好多案子。跟着我就行。你还能学点东西。"

我让他带我到他的小屋里，把放车的地方指给我看。我很快便找到一个线索。今天早上下了点儿雨，路面上有些泥泞。他的小木屋前面有一串轮胎印。

"太好了，"我说，"要是我的直觉和平常一样准，那这些痕迹就能直接带我们找到罪犯了。"

我沿着小路往下走，两眼紧盯着自行车留下的痕迹。

　　这时，凯文大叫："咱们有帮手了，达米安！"

　　我转过身，看到一大堆孩子跟在我们后面，大概有十个或者十二个，或者更多。有的人跑着，有的人骑着自行车，还有个小女孩骑着一辆粉色的儿童三轮车。

　　"我们也想帮凯文找自行车，"他们说，"我们知道它被偷了。"

　　很明显，他们十分热心，已经聚集成了一个团队了。

　　"现在挺好，"我说，"我是达米安·杜鲁斯，超级神探，顶尖侦探。

如果你们想帮我破这个案子，就必须发誓要保密。"

"保守什么秘密？"骑儿童三轮车的小女孩缇丽说。

"关于这件事，你们一个字都不能跟大人提。"

"我保证，达米安。"缇丽说。

其他人也纷纷说："我保证。"

"我保证。"

"我保证。"

"现在，我宣布，你们都是达米安·杜鲁斯侦探学院的成员了。"我说。

我让他们把双手举起来，重复侦探暗语：

我会一直跟随达米安·杜鲁斯，并遵从他睿智的指示。

随后，我们沿着泥地上的轮胎印一路往前走。倒霉的是，那道痕迹变得越来越浅，最后消失不见。

"在我看来，"我说着，指向地面，"那个罪犯从车上下来，并把车推到了草地那里，十分狡猾。"

缇丽离我们有点远。她突然尖叫道："我又找到了一条自行车车辙印，还有一个脚印！快看！快看！"

我走过去，看到她正指着草丛里的一片泥地。

我迅速拿出笔记本，粗略地把脚印的轮廓画下来。它很大——明显是一个男人的脚

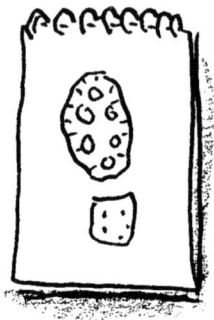

印——并且十分不同寻常。只要通过精密的侦探工作，我就能找到是谁的鞋留下了这个脚印。我确定，他就是偷凯文自行车的那个人。

第 五 章

"我们必须不惜一切代价保护这个脚印，"我对整个团队说，"这是关键线索。"

我让他们在脚印周围站好，确保证据完好无损。我自己则跑回餐点小屋。

"达米安，"妈妈发话了，她还在准备午饭，"我等你半天了。你现在把刀叉用餐巾纸包好，可以吗？这就算帮了我大忙了。"

"其实，妈妈，我忙着呢。"我说。"你忙？"她猛然打断我的话，瞪着我说："过来帮忙！就现在！"

我觉得最好还是按她说的办，所以就用闪电般的速度把刀叉都包好了。

趁妈妈不注意，我抓住机会去找我要的东西——一个足够大，能够盖住脚印的塑料盒。这里全是各种盒子和罐子。我找到了一个装满面粉的盒子，大小正好。

我把面粉倒进一个购物袋里。有一点儿洒到了地上——但是没多少，大部分都倒进袋子里了。

妈妈还没来得及给我再派一个活儿，我就从小屋里溜出来，回孩子们那里去。他们站成了一个圆圈来保护脚印。

"我拿到这个了。"我一边说，一边在头顶挥舞面粉盒。

他们咯咯笑起来。

"怎么了？"我问。

"你看上去很搞笑，达米安，"缇丽说道，"你头发全变白了。"

我猜应该是盒子里还剩一点面

粉。那又怎样？

我快速俯下身，用面粉盒把脚印罩住。

"真是太厉害了，达米安。"凯文说，"现在做什么？"

"我们需要做些伪装①，"我说，

---

① "伪装"是指军人们做的事情。他们把树枝和破布粘在自己的头盔上，这样就没人能看见他们了。如果他们在沙漠里活动，就会在衣服上涂满胶水，再撒上沙子。

"这样就没人能发现了。"

我们找了一些石块，压到盒子上面，以防它被风吹跑。然后又掰下来一些树枝，把石头盖住。

"真不错，"凯文说，"没人会注意到这里了。"

我点点头。"证据安全了，"我说，"等我抓住罪犯的时候，就把证据给警察看。"

"噢，达米安。"缇丽一边说着，一边用力鼓着掌，"你真是太聪明，太聪明了。"

虽然缇丽年龄小，但她是个睿智的女孩。

第 六 章

那个小偷也许认为，他偷了凯文的车之后可以金蝉脱壳。但他一定没想到，会和我这位"衷心为大家服务的达米安·杜鲁斯"打上交道。我有个十分高明的计策，肯定能抓住他。我打算设下一个陷阱。

"我要借你的儿童三轮车一用，缇丽。"我问她，"可以吗？"

"可以，拿去吧，达米安。"她对我露出一个微笑，"我也想帮点儿忙。"

"谢谢。"我说，"你不介意它被偷走吧？"

缇丽的眼睛突然瞪得特别大，简直可以说是目瞪口呆。她大张着嘴，发出一声瘆人的嚎叫，哭了出来。

我费了半天工夫才让她冷静下来。她虽然哭了，但是我告诉她，她的儿童三轮车将在抓捕罪犯的行动中发挥极为重要的作用，她马上就明白了。

然而凯文可不够聪明，他不理解我为何要这么做。"为啥要借一辆儿童三轮车，达米安？为什么不借自行车？"

我向他解释说，那个小偷是没办法骑上一辆儿童三轮车逃跑的。"儿童三轮车对成年人来说太小了。"在我看来，这道理再简单不过了。

我拿起缇丽的小三轮，把它放到离小路不远的一棵橡树下面。它是浅粉色的，闪闪发光，偷车贼应该很容易看见它。

"你们都躲到树林里去，"我对孩子们说，"躲到树丛后面去。"

"然后呢？"凯文问。

我轻轻地摸了一下鼻子，眨了眨眼睛："等着瞧吧。"

凯文和其他人钻进树林后，我就往橡树上爬。我绕着树枝慢慢往上，爬到三轮车的正上方才停下。我要做的就是在上面待着，坚持到罪犯过来。

我并不需要等太久。

一开始，我听到了脚步声。然后，透过层层的树叶，我看到一个人走了过来。我看不清他的脸，但我敢说他穿衣服的品位真的太差了。他穿着拖鞋，里面还套了一双袜子，一条宽松的迷彩短裤盖住了他毛茸茸的腿。他看上去实在是太滑稽了。

　　他肯定看见树下的儿童三轮车了，因为他离开了小路，向三轮车走了过来。他弯下腰，好更仔细地把车看清楚。就在这个时候，我看到了他的头顶。

　　他有一块斑秃——并不大，但足以说明他是个坏蛋。

　　那个男人回头，看看四周有没有人。显然他没看见树上的我。

正在我思索之际，他一把抓住了缇丽心爱的粉色小三轮。我立马行动，从树枝上飞身下来。我大喊着，像展翅的雄鹰般张开双臂。咚！我落到了他身上。

"啊啊啊啊哇哇哇哇嗷嗷嗷嗷！"他尖叫着跌倒在我身下，面朝草地。

"喂，来人！"我对孩子们喊，"快过来帮忙。我抓住他了！"

　　凯文和其他人纷纷从藏身之处冲出来，扑向偷车贼。偷车贼被压倒在地。

　　缇丽看到我把她的车保住了，特别激动，用胳膊抱住我的脖子，想亲我一下。

　　天哪！

我把她推开了。

"别让这个小偷跑了，"我对孩子们说，"我得检查一下他的鞋子。"

我走到他的双脚旁，从脚上拽下来一只凉鞋。我注视着这只鞋的鞋底。它能和泥地里的那个脚印对上吗？我能把这个案子破了吗？我掏出笔记本，看了看我画的那个草图。

"是他吗？"凯文坐在那个男人的头上问我。

我又检查了一下我画的图。经过这一番比对之后……不是他。鞋底跟图片对不上，我们抓错人了。

这样的事偶尔也会发生。

"好吧，各位，"我说，"让他

走吧。他应该是个无辜的路人，只是表现得非常可疑。"

孩子们很失望，但他们还是起身退后。

"这是怎么回事儿？"那个男人从草地上抬起头来，厉声喝道。我这才第一次看清他的脸。我惊呆了。他不是别人，正是老基特警官，我们当地警察的头儿。

第 七 章

"你在这儿搞什么呢,达米安?"老基特警官从地上挣扎着站起来,大口喘着粗气。我觉得他不像看起来那么强健。

"我们还以为你是个小偷呢!"我向他解释。

他本该理解一下我们的,但他没有,而是紧闭着双唇——他生气的时候就会这样。"我没想偷那辆三轮车，你这个熊孩子！"他说，"我只是想把它拿到失物招领处。"

我觉得我们最好还是私下谈谈，所以我示意他走到一边。

"这附近有个偷车贼。"我低声说，"不过，我猜你早就知道了。你是到这里伪装侦查的吧？"

他的脸变得通红。"不是，我没有伪装！"他着急地说，"我是想和家人安安静静度个假，而你，达米安·杜鲁斯，真是……"

你不会对他接下来要说的话感兴趣的。他咆哮了好久好久。我觉得他那天可能过得有点不顺心。

当然了，孩子们都超级想知道我们说了些什么。

"哎哟，告诉我们吧，达米安。"老基特警官走了之后，缇丽说。

"业内机密，无可奉告。"我回答她，"反正他对我已有的调查成果很满意。"

这话也不全是撒谎，要是老基特警官听听我的发现，他肯定会觉得我很厉害。

"现在怎么办？"凯文问。

"我还有备用计划。"我说。

"什么意思？"

"这个偷车贼会把车偷走，对吧？"我问大家。

"对。"所有的孩子一起回答。

"那就往我们的车上涂蜂蜜。"我解释说，"那个贼一过来要把车搬走，浑身就会沾满蜂蜜。对不对？这个逻辑太简单了。"

　　"他就不能把蜂蜜洗掉吗？"凯文问。我觉得他真是个扫兴的人。

　　还是缇丽想到了一个绝妙的点子："我们可以在蜂蜜里放一些蓝莓。它们会留下很可爱的蓝色斑点，那可不容易洗掉。"

　　"想得真不错，缇丽。"我说，

"而且我还知道去哪能找到蓝莓——我妈的冰箱里就有一盒。"

孩子们回去取自行车，我则偷偷溜进餐点小屋。妈妈还在切三明治。

为了不让她发现我，我采取了特种兵演习用的姿势，用肚子贴着地板，匍匐前进。这个动作我在花园里练了

好多遍，非常实用。

在没被发现的情况下，我找到了装蜂蜜的架子，拿了四罐蜂蜜，然后又爬到冰箱那里把蓝莓拿了出来。搞定！

门外，大部分孩子都骑着自己的自行车回来了。我把蜂蜜和蓝莓搅和在一起，把紫蜂蜜涂在车把手和车座上。

一切进展顺利——除了一个叫杰克的小孩。我往他的车上涂东西的时候，他就开始大哭，非常激动，又挥拳头又踩脚，谁都安抚不了他。

当所有的车都涂上紫蜂蜜以后，我就让孩子们回去，把车留在小木屋外面。

"那个贼肯定会过来，偷走其中一辆车，还可能会偷好几辆车。"我向他们解释，"因此我们必须要留意那些手上沾着紫蜂蜜的人。"

　　又一起案子马上就要告破了。

第 八 章

孩子们回小木屋了，我和凯文进行了一次严肃的谈话。

"我不相信老基特警官是在度假，"我说，"我觉得他就是在这里便衣侦查。我要去找他，跟他说我怎么利用蜂蜜抓小偷。他肯定会对我机智的策略很感兴趣。"

凯文也这么觉得："你去找他吧，

我回小木屋去了。这个侦探活儿太累人了。"

我去找老基特警官，发现他躺在游泳池旁边的一块大毛巾上。他戴着太阳镜，还穿着很傻的花短裤。我觉得这应该是他的伪装。

我坐在他身旁，开始给他讲我抓偷车贼的方案。但是他假装在看书。

"你为什么不游会儿泳呢，达米安？"终于，他说了这么一句话。

不过，我留在游泳池边上是对的。在我跟老基特警官说我的顶级机密时，一个秃顶的大块头走过来了。他有一对凶狠的黑眉毛，气势汹汹地冲进了泳池区，简直是疯了——吼叫着，咆哮着，挥舞着他的胳膊。最糟糕的是，这个危险人物朝老基特警官走过来。我必须得做点什么。

我跳到老基特警官和大块头之间。

"停下！"我举起手，"他可是公务人员。"

但那个人没有停下，居然还想从我这儿绕过去，显然这是个错误的决定，因为地非常滑。他脚下一滑，自然而然地——从侧面滑进了游泳池里。噗！也是很稀奇了。就连小孩子都知道，不该在游泳池边乱跑。

我很费解。即便我们把他从游泳池里拖上来，救了他的命，他还是非

常愤怒。他站在那儿，全身都往下滴水，还朝老基特警官大声吼叫。原来他是那个叫杰克的小孩的爸爸。

"好好管管你家孩子！"他尖叫着，指着我，"让他离我家孩子远点儿。他在我家孩子自行车上到处都涂了紫色蜂蜜。我儿子可难受了。"

老基特警官一直解释我不是他儿子。但杰克的爸爸就是不听，还继续大喊大叫，用最大的音量嘶吼着。

于是我想，我最好还是消失吧。

第 九 章

我跑回餐点小屋。快到午饭时间了，我饿得不行。

我正往里走的时候，看到妈妈正和度假村的经理黄数朗说话，我非常吃惊：（考虑到他的斑秃）他可是偷车案的重大嫌疑人啊。

妈妈向我这边瞅了瞅。"我正跟黄数朗先生说我有点东西被偷了呢，"

她说，"一些面粉，四罐蜂蜜，还有一盒蓝莓。这事儿你不知道吧，达米安？"

幸运的是，这个问题我不用回答。因为人们开始涌进小屋，准备排队吃午饭了。

大家都拿好了吃的，我顺道也拿了一个香肠三明治。这时，一个老人一瘸一拐地走进来。

"对不起啊，我来晚了，"他取食物的时候道歉，"我刚才去找护士了。"

我能看出他状态很不好。他鼻子上贴着一个创可贴，脑袋上还缠了一条绷带。

"天啊，您这是怎么回事啊？"妈妈问。

那个老头的老婆看起来很不高

兴，她说："太可恶了！"一边说着，一边用拳头砸向柜台。"我先生好端端地在树林里骑着车，突然就摔倒了。不知道是谁故意在路中央摆了一堆石头，还用树叶盖上了。要我说，这也太危险了吧。这种事情根本不应该发生。"

我吃了一惊。这个老头压到我放在脚印上面的盒子了。天降横祸！我们的证据被毁了。我现在只能指望那坨紫色的蜂蜜混合物帮我抓到坏蛋了。

餐点小屋是进行暗中观察的绝佳地点。偷完自行车之后过来吃饭的人手上会粘上一些脏东西。想把它们洗掉根本不可能。我立马说要帮忙擦桌子，这样我就能去查看那些暴露真相的痕迹了。我很聪明，对吧？

但可能是我太热心了，也可能是我收盘子收得太快了——"哎！我还没吃完呢。"那个老头大叫着，在空中挥舞着刀叉。

妈妈正好听见了，她冲了过来。

"谢谢你，达米安。"她用的是那种想对我发火，又因为周围有人不能冲我喊的语气，"去看看咖啡准备好了没有，好吗？"

我试图反驳。

"谢谢你啊，达米安。马上去看咖啡！"

我垂头丧气地走开了，像往常一样，还是没人理解我。我没有机会去找那些紫色的记号了。我的计划被毁了。

我走到储物柜旁的桌子那儿，把咖啡杯摆好。桌子正前方的地面上有些白色面粉，应该是我之前洒的。

我想把这里扫一扫。但我还没来

得及动手，一个穿黑裤子、白短袖的
高个男人便向我走过来。

"给我倒杯咖啡好吗，孩子？"
他说，"我一上午都在执勤。"

我注意到，他肩膀上戴着一个徽
章，上面写着"保安"两个字。

我往前探了探身子，低声说："是

不是一直在找偷车贼？我说得没错吧？"这本是个十分友好的对话，毕竟我俩有很多共同点：都致力于保护公共安全。

然而不知为何，这个保安突然变得很紧张，他的嘴开始抽搐起来。我觉得这十分可疑，因此倒咖啡的时候一直用眼睛盯着他。这可不容易办到，所以我倒咖啡的时候洒了一点出来。

"不用麻烦了，"他说，"我不想喝咖啡了。"他快步走出了餐厅，咖啡也没拿。

就在这个时刻，我往地上一瞅，便看到了令人惊喜的东西。他的脚印印在面粉上，痕迹在阳光下清晰可见。

我立刻拿出我描下来的脚印，和地板上的那个进行对比。

它们俩完全一样！

第 十 章

我离开咖啡桌。现在要做的只有一件事。

我冲餐点小屋里吃饭的人大喊道：

"红色警报[1]，红色警报。紧急情况！现在！"

屋子里一阵骚乱，所有人都抬起

---

[1] "红色警报"是军人遇到身处险境的人向他们高声求救时，才会用到的口令。这里并没有人向我们求救，但这样喊感觉很刺激。

头来。显然，我那些受过训练的侦探学员都知道该怎么应对。他们马上丢下刀叉，从座位上跳起来，也不管面前的障碍物，直接向我跑过来。几张椅子被撞倒了，还有谁的爸爸摔了一跤。但都不是什么大事儿。

在大人们惊慌失措之时，我跑到外面，孩子们都跟着我。

"我有证据！是那个保安把车偷了。"我向大家解释道。

我还没来得及说别的，便看见凯文从路对面向我们跑过来。

"我是不是错过午饭了？"他喘着气，"我刚才看漫画书着迷了。"我告诉了他刚才发生的事情。

　　"达米安！"他说着，好像被闪电击中了一样，"我刚才看见那个保安了。我走的时候，他正从我那个小木屋前面经过——真的！他在往树林里走。"

　　"那就对了，"我说着，注视着孩子们一张张跃跃欲试的脸，"骑好你们的自行车，咱们要出发了。"

　　这个时候，大人们都从餐厅里涌出来，想看看究竟发生了什么事。但我们已经疯狂地骑向了树林（所有人都去了，除了凯文，他没有自行车）。不久，我们就看到那个贼出现在前方。

　　我马上喝道："不许动，以法律

之名！"

那个贼转过身来，恐惧的神色在他脸上蔓延开来。他看到了，看到一群犹如猎犬的孩子在他的身后追赶。

"不！"他大喊着，开始奔跑。

但是他的身体太虚了。他呼哧呼哧地大口喘着粗气。很快，我们就追

上了他。

"大家把他围住！"我大喊一声。大家用自行车将那个保安团团围住。他蹲在中间，瑟瑟发抖。

大人们很快就赶到了，大部分人都满脸通红，上气不接下气。打头阵的不是别人，正是老基特警官。

"你现在又在搞什么鬼，达米安？"他问我。

我指了指那个保安："就是他。他就是偷了凯文自行车的贼，我有证据！"

妈妈从人群中挤了进来。"噢，达米安！"她说。"你能不能别再假装当侦探了？你就不能像正常孩子一样吗？"

她总在关键时刻让我难堪。

然而黄数朗先生（事实证明他不是个坏蛋）紧跟在妈妈后面。"等一下，杜鲁斯太太，"他打断妈妈的话，"让我问您儿子几个问题。也许他知道点儿什么。"

他的问题我都答上来了，我还给

他看了我笔记本上的画。我敢说，他深为所动。

他转向那个保安，问："这事儿你还有什么可说的？"

保安被这么多气势汹汹的小孩围住，当场就认罪了："我告诉你我把车藏到哪儿了，只要让我摆脱这帮孩子就行。"他一边抽泣一边说。

我又破了一个案子。

第十一章

　　成年人就是一群不懂得感恩的家伙。我如此机智地破了一个案子，他们却说我把他们的孩子带坏了。凭啥？就因为我用他们的自行车作诱饵，就因为他们的自行车上粘了紫色的黏糊糊的玩意儿，就因为有几个孩子的衣服上粘了点儿脏东西。

　　我想解释一下，但没什么用。

最糟糕是，妈妈非常非常生气。如果生气程度从弱到强是 1 到 10 的话，她的怒气值已经达到了 15。那一周剩下的日子里，她都让我待在她眼皮子底下。

"老基特警官不想让你跟着他，"她说，"你都缠着人家一整天了。他得好好休息一下，你明白吗？"

我对此深表怀疑，还是觉得他在做便衣工作。

唯一对我的侦探工作心存感激的人，是凯文。

"谢谢啊，达米安，"他说，"这辆自行车值不少钱。你真是好样的。下周来我家转转怎么样？我家有游泳池，能游泳，还有张台球桌。你要是想的话，咱们可以一起玩儿。"

看来凯文也不是那种被惯坏了的富二代。事实上，他人还真不错。

后来，当我躺在床上思考偷车贼

这个案子时，我意识到自己错过了一个重要线索。我应该在看到那个保安第一眼的时候，就看出来他是个坏蛋的。他的头顶都不是斑秃那么简单了，比那还糟糕很多。他完全秃了。

我从枕头底下抽出我的笔记本，把它打开。我把有关斑秃的理论全划掉了，然后在我的列表里补充了一种新的罪犯类型。

~~那些在头顶上有斑秃的人都不是什么好人。~~

那些秃头的人肯定不会干什么好事儿。